たましずめ／夕波

伊藤浩子

思潮社

（前略）　清の弟に福二という人は海岸の田の浜へ婿に行きたるが、先年の大海嘯に遭いて妻と子とを失い、生き残りたる二人の子とともに元の屋敷の地に小屋を掛けて一年ばかりありき。夏の初めの月夜に便所に起き出でしが、遠く離れたるところにありて行く道も浪の打つ渚なり。霧の布きたる夜なりしが、その霧の中より男女二人の者の近よるを見れば、女は正しく亡くなりしわが妻なり。思わずその跡をつけて、遙々と船越村の方へ行く埼の洞あるところまで追い行き、名を呼びたるに、振り返りてにこと笑いたり。男はとみればこれも同じ里の者にて海嘯の難に死せし者なり。自分が婿に入りし以前に互いに深く心を通わせたりと聞きし男なり。今はこの人と夫婦になりてありというに、子供は可愛くはないのかといえば、女は少しく顔の色を変えて泣きたり。死したる人と物いうとは思われずして、悲しく情けなくなりたれば足元を見てありし間に、男女は再び足早にそこを立ち退きて、小浦へ行く道の山陰を廻り見えずなりたり。(後略)

(柳田國男『遠野物語』第九九話より)

一

枕もとに立った父との黙契に火を灯し、揺れる影にも文字を追った。熱に震えるさなかのこと、額に置かれた手の厚みに、冷たさにも託されるものがあることを知る。声さえ挙げられず、再び眠りに落ちる。夢を拒絶した初めての夜に、ゆるやかに恢復する膚はまだやわらかく。

一〇一

波に覆われた地母神の
辿った道もはるかに
月光にも病み
八年の
追いつけない空白よ

二

黒髪を手で梳き、行方を確かめた。
その所作のぎこちなさを、閉じてい
た瞳は追えなかったはず。掠れ声の
狭間で歴史の続きを知りたがる。て
のひらに朝陽は光の斑らになって、
肉体を肉体としてありのままに祝福
している。理由を問えば、逃げてい
くものの繊細にまた躊躇っている。

三

そして遠ざかるごとに近づいていく。
夢の縁に声を上げた予感は煌めき、
小川の瀬に惑星を映す。ストップモ
ーションに靡く一方通交路とは仮の
名で、黄金比率の欲望は出会いのし
るしとして膨らんでいく。（そして
内部へと収斂していく。）老いを幼
さとして嘆いていた。

　これからわたくしがお話しいたします、小さな村落を訪れましたのは、その年の夏も半ばを過ぎたあたりでした。村落の名をT村と申します。本州はとある川沿いの目立たないほんの小さな村落でございます。

一〇二　ちいさな声で　さらに深みへと語られた　記憶の片鱗をたよりに

当時、わたくしの夫はお医者にも原因のよくわから

時空をぬぎすて

ない病を患っておりました。

いまの

　夜毎、夢にうなされ、腹痛やら頭痛やらを執拗に訴え、ときとして熱を出しつつ塞ぎ込む、お医者も困り果てておりましたが、ある日、ひょっとするとそのT

四

余剰の自己を廃棄して、魅せながら、踊り続けた日々を、あえて一夜と名づけたい。その長さと深さを循環させ創り上げた表象を、いつかその人に差し出す夜明けを待ちわびている、待ちわびていることすら忘却しながら。歓喜に添った哀しみにつけ。

五

眼を細めたのは、光の裂開に馴染んだ長い眠りから覚めたあとのこと。昨日といまの淡い結び目をてのひらで翫び、傍らに女たちの名を引き寄せる。そして畏れに似せては童心を故意にずらした。物語の欲望に浸りながら、言葉の放つ息遣いと沈黙さえにも、この身を沈める。

村のお食事や気候が病に効くかもしれないと、夫から言い出したのでございます。どんな伝手があったのかわかりませんが、知ったところで同じです、と申しますのも夫は一度言い出しましたら、他の意見をまったくもって聞き入れず、また、そのときはそこを訪れる以外、病にとってはなんら手立てもなかったのでございます。

一〇三　幻痛よりも　温みを択んだ日々さえ　やはりあどけなく　異境の空に　両腕を伸ばし

T村には、ひと夏に数組しか接待しないという、昨今では珍しい宿がございました。わたくしどもはそこ

六

時空の外部に逃げ出した少女たちを、追尾して暮色の闇に酔う。欠如はそのままの姿で分置される記憶装置だ。ワーキング・メモリー[*1]の曖昧さに苛立つ昨日に苦笑しながら、彼女たちの濃い眉や靨と八重歯、澄んだ瞳を言葉でなぞる、徴、忘却に隣接する道の名がある。

*1　作業記憶。一時的に情報を保持しながら作業を進める際に記憶された内容、及び、実行された一連の作業のこと。記憶の種類としては、このほかにも、エピソード記憶、手続き記憶などがある。

七

闇なら闇の文字の疎外の果て、溢れ落ちた空隙に身体を踏み出し、忘我という誤謬を覚える。鏡映[*2]の他者に安堵しつつ、去勢にも怯えるアンビバレンツに、象徴を享受する列に加わる。乳房を破壊した母性の棄却がうしろめたく、先験的背理に、かつてではない、現在を賭している。

へ宿泊することにあいなりました。かなり高額の宿でしたが、縁故の多い、お医者が、半値で済むよう取り計らってくださったのでございます。あなた方はわたしの医院に通うようになってから久しい、わたしとしても心苦しいから、とお医者は他の患者には内密にしてほしい旨をおっしゃいましたが、少々、厄介な話かもしれないと戸惑いこそすれ、先ほども申し上げましたとおり、わたくしどもにはそれ以外なす術がなかったのでございます。

*2　ジャック・ラカンの鏡映段階説より。

八

鉤爪の月が俄かに横切る三叉路に、換喩的なしるしを目撃して遊んでいる。宵闇のあとさきで、亡妹が流した涙の行方を、背中だけで追いかけていた。飲み残した珈琲の冷たさは熱った肉体に心地よい。まったき一日の開始には、声こそが、日々から剝離された精神だ。思索せよ。

九

ただ明るみへ。針葉樹林を抜けた沼地に紅花が揺れる予兆に支えられ聖者は歩を進める。季節の揺動音は耳に心地よく、深夜の底に懐胎するなつかしさがある。断続し錯綜するのは樹林の法。小さく息を調え、見上げた空に青灯が零れる静寂。

T村へは、乗用車で参りました。普通でしたら、電車を乗り継ぎ、バスにも揺られながら、のんびりと車窓からの眺めを楽しむのですが、そのときばかりは、お医者が懇意にしていた運転手をひとり連れ、わたくしも馴れない運転を手伝いながらの行程でした。

朝十時過ぎに出かけ、T村へ到着しましたのは、午後三時を過ぎておりました。

既に精も根も尽き果てておりましたが、到着した際、

一〇

そして壮美な詩語に途方に暮れる。肉体の廃墟にも意識の虚空にも倦いた、それは昼餉までの名もない時間、秒針だけが昨日の約束を刻んでいる。弛んだ冷気は嘘となって日々を彩りながら、あと幾つ歳を重ねれば、余情を誇れるのだろう。文字の消えた書[*3]の封を解く。

＊3　ここでは吉本隆明『共同幻想論』を指している。

二

虎落笛が胸の痛みを攫っていく、悴んだ指先は閑かさに証しして、ひたむきに文字を拾い集める。無音に等価なその呟きにさえ戸惑いながら、夢を纏う幻に見紛う光の淡さよ、黄昏までは軽妙に過ごそうと乾ききった髪を梳く。やわらかさはあの日と同じだろうか。眼を閉じる。

乗用車のドアを開けた途端、入ってきましたその村落の空気の、痛々しいほどのすがすがしさに、わたくしどもは思わず顔を見合わせ、驚きを禁じ得なかったものでございます。

村落の入口で自家用車を降り、運転手には気が引けたものの、別の宿へと向かってもらいました。そして、わたくしどもはそこから件の宿まで、十五分ほどの道を歩いていったのでございます。

右手には、緑翠色に映えつつある棚田の、それは目

一〇四

雪融けに希いを踏む
刈り込んだ稲の跡
冷気を悼み
歩く行為の余韻に
虚空を背負う

一二

黯い森を選び、歩いていった幼なじみの影は長く、その先に無数の蝴蝶が舞う。ほんの少し振り向いた女児の頰の丸みに夕焼は紅く、小さな痣を残した。握りしめた男児の手の力強さよ。積み重ねた時間の流れを堰き止めた通過儀礼が、ふたりを更に近づけていく。今宵、初めての風が吹く。

一三

怯えた仔犬を目にした幼年を抱きしめているから、距離を置き、見つめるだけの日々があった。犬の額を撫でた細い指先で、いまは、誰も知らない書を編んでいる。珈琲の湯気に欠伸を紛らわせ、机上を叩く指の音に耳を澄ませている。何処にでもあって、何処にも見つけられない冬のひと日。

を見張るほどの景色が広がっておりました。土坡の棚田でございます。その合間には、栗の木でできた掛け造りの板倉が点在しておりました。風雪を凌ぐべく見るからに密に組まれた外観に、わからないながらも、わたくしなどはそれだけでため息をつくほどでした。

　もちろん、きらびやかなものではございません。それとは正反対の、寂れたものの持つ、はかなげで、そしてどこか健気な美しさとでも申しましょうか。そういった、いつもならば見過ごしてしまいそうな幼気な

一四

やがて詩語も、万里を追う大河よりも遠く、恣にした友愛を所縁に、凍りつく塵芥に耐えよう。予兆された出立には息を調え、幽かな光の明るさと重さをからだに纏いながら、明滅する記憶を導に、孤絶の温みをきっとおぼえよう。かなしみにやすらぎを宛行い、交錯するしかなかった幸福に、微熱を冷まそう。

一五

そして幾つもの伝説を語らずに出会う日々のあえかな揺らぎを認める。細くなる髪も、残る傷痕も、目映くいとしげに、壁の影に映している。氷雪の鳴る夜更け。どこからか、猫たちの威嚇する啼き声が聞こえる。解けた記憶をひとつひとつ縫いつけて、かたちに換えるのも、また情愛だったと。

ものがわたくしの胸を打ったのでございます。

宿は主屋を改装したもので真壁の三層造りでした。真壁の白もさることながら、玄関から入って、三和土のすぐ上の梁の漆黒の輝きといいましたら、それは見事なものでした。板の間の暗がりと明かり採りとの対比は独特の静けさに満ち、その印象があまりに日常から離れておりました所為か、美しさを通り越し、どこか禍々しささえ宿るようでした。夏場でしたが薄ら寒い気配が漂う、そんなことを思ったしだいでございま

一六

少年らが笑い合いながら別れた三叉路に立ち戻る。リラの色をさびしさの贈与に仕込み、再帰する出会いの予兆を図っている。去勢されたいまの残余は一体、何処へ？　問いかけの直後の空白に応答を聞き、歩き始める影の長さにも惑う。地平は片翼に接し、やがてわたしたちを豊穣な夢の海へと誘うだろう。

＊4、5、6

語らい、主体、供犠

翌くる日には主体は語らいの衣を纏い、死者のあいだを廻っていった。足どりはどこまでも軽く、スローモーションの水底を遠く渡っていくようで、いったい、幾枚の衣を必要とするのだろうかと、もうひとりの主体と眼差しの先に声を落とす。交差し損ねるねじれの位相に羞恥はいつの間にか積もり、そのまま供犠とした昨日を確かめ合った。それは舞踏にも似て、語らいの裾、すなわち言語の裾を翻しつつ、夜と昼とを交互に縫いつけている。少しずつ重くなる快美な悔恨は泥岩の混濁よりもどこか聖水に似て、冷たさはあどけなく、また心地よく、肉体より

一七

語らいの*4螺旋がいくつも立ち昇る。円環の隙を縫うようにして歩いて抜けると、そこにはやさしい死者と旋律とおびただしい沈黙とが織りなす海が鼎立していて、何も知ろうとしない知性の崇拝者を幻惑している。浸した足に、疎明の感触はいつまでも虚しく、立ち止まることさえ躊躇するほど。

す。

囲炉裏からは既にエゴマの焼ける香ばしさが漂っておりましたが、夕食まではまだ間がある、お部屋でお休みくださるか、お散歩なさるか、ご自由にお過ごしくださいと、宿主の女将がたどたどしく、そのときは標準語でおっしゃいました。わたくしは、夫の体調を考慮し休憩を望んだのですが、意外にも夫は散歩を希望したのでございます。

そこで女将に荷物を預け、出かけることにいたしま

も裸体、裸体よりも屍体にこそ涙は宿る。そして幻視された魂魄には常に寄り添う波があった。そうして主体は真昼には、言語の蜃気楼を波間に浮かべては泣訴する。幼児がはじめて乳房に触れるように、それは捕らえがたく、また断念しがたく、肩を並べた帰途に新しい憧憬を描いた。ここまでは、昨日のできごとだったと気づいてから見つかるものがある。

*4 語らい、ディスクールとは広義には、口頭によるある考えの表現、ある主題の展開・説明とされるが、日本語の古語の「語り」はこれにあたるとされている。ジャック・ラカンによれば、四種類の基本的なディスクールと、それを組み合わせたものが存在するが、ここでは特に触れない。言語（象徴界）でもって触れないこと、それ自体によって、（現実界において）ディスクールにはある種の円環が生じている、と考えていいだろう。

一八

饒舌な夜の帳に酔い痴れては、主体*5を織りなし、過去に啓いた道すがらに肩甲骨が侘しく光る。お前を訪ねる準備に手間どり、傷ついた足の甲は、夢にも闖入者の影を携え、わたしたちの幸福を笑い下げるだろう。過去を手離した夜具のほとりに憩う。

*5　「シニフィアンは主体を、別のシニフィアンに対して代表象する」という、ラカンのテーゼを思い出してほしい。主体はつねに、言語活動によって、(互いに)分断されもするが、同時に社会、共同体へと組み上げられもする。シニフィアンとは、話したり、書いたり、夢みたりすることだ。それらは主体そのものではないが(疎外・分断)、主体を、その主体に代わって、別のシニフィアン(話したり、書いたり、夢みたり……)(とその主体)に対して、表象している。

*6　供犠とは、赤坂憲雄『境界の発生』に則って簡略化するなら、そのイケニエ(以下、犠牲者)は、「人間/神・内部/外部・俗/聖の媒介項』今村仁司の第三項」であり、それを破壊することによって、カオス(連続体)のなかに境界を設定し、秩序(非連続性)を創出することである。また、供犠は、生贄の「置き換え」によって、贖罪から儀礼へ

一九

供犠*6ということばだけが、ひらひら
とひらめき動物たちが今夜は集う。
鶴にも蛤にも狐にもと、雪の降る静
けさは残響し、夜の底では木霊にな
って生き延びている。薪ストーブの
残り火を頼りに、寝所を抜け出した
子どもたちの瞳は活きいきと、明日
を知らずに笑っている。

した。
　川の傍をゆっくりとのぼっていきます。
　山間から降り注ぐ晩夏の陽光のやわらかさをご存知でしょうか。それが棚田を斜めから黄金色に染めているのです。そこに折り重なるように塗り込められる寒蟬の鳴き声をお聞きになったことがおありでしょうか。あるいは、道端に転がった栗の実の、まるで宙に浮きたつような瑞々しい蒼をご覧になったことはありますでしょうか。

とその本質を変容させる。それに伴い、犠牲者は共同体に「受容＝内面化」されるが、この「受容＝内面化」をフロイトの「喪の仕事」における「和解」と考えるが別項にゆずる。また、犠牲者が動物であるか、人間であるか（人身御供）についてはここでは問わないことにする。ただし、大きな犠牲を前にしたとき、そういった供犠における一連の（社会心理的な）プロセスが無意識のレベルで働くであろうことは予想に難くないだろう。敢えて述べるまでもないことだが、「わたし」という主体にとって東北はつねに外部、つまりシニフィアンとして象徴界に成立していなかった外部だったのではないか、という自戒の不全を、ここでは、疎外・分断されながら刷新・異化される主体にならって、ひとつの「物語」というシニフィアンを疎外・分断し、別の「物語」を新たに代表象することによって、問題提起として浮き彫りにしてみたい。

二〇

何処にも繫がらない時間を熱源に代えて仕舞い込んだ。さびしい喪服となった、咎められることさえない罪過は、やがて来る季節を黒く縁どるだろう。袖を通して互いの前に立つ日々が、それでもこそばゆく背後の扉にそっと鍵を掛ける。指先に、綻んだ白い糸が眩しい。

＊7 不在
この長期の不在にしるしのように〈名〉を与えたい。どこにでもあるようで、どこにもないような〈名〉、幾世代にもわたって、語られる伝説のように、また血脈のように受け継がれ、その都度、更新されながら、それでも原初の温みを決して失うことのない〈名〉。それは外部に螺旋状に絡まる蔦をしたがえた塔になって、〈世界〉をいつか見下ろすかもしれない、あるいは、〈世界〉の代理表象として、乳／父の名として、新生するかもしれない。そのような不在をノートの片隅に描いている。

「糸巻が姿を消すと、子供は意味ありげなオーオーオーオー（＝いない《フォールト》）を言い、それから紐を引っ張って糸巻をベッドから取り出すと、いかにも満足そうに「いた（ダー）」という言葉で糸巻を迎えた。これは姿を消すことと姿を現すことで成立する一組の遊戯だったのであり、（略）「姿を現す」動作の方がより大きな快感を伴ったのは明らかである。」（S・フ

二

忘れまいと見上げる空に接合している季節は既に冬の寒さを纏い、清楚な地平を顧みている。死児たちの僅かにすすり泣く声々がこだまする宵闇に、不在[*7]だけが織り成す大地の震え、叫びと亀裂。急がねばなるまい。
しかし何処へ?

わたくしは夫の手を取り、やや前を、ゆるやかな光景を泳ぐように歩いてゆきました。夫は何度か咳き込み、わたくしもそのたびごとに振り返りましたが、そのとき既に心なしかその咳もやや落ち着きをみせているようでございました。

段丘から見下ろす棚田の光に吸い込まれるようにして、わたくしどもはまるで影法師のように薄く軽やかになっていきます。そのようにして生を寛いでいる、少なくともわたくしはそう感じながら、小径を歩いて

ロイト『快感原則の彼岸』より)
ここでは糸巻は当然、母親(乳房)の代理表象である。子供は糸巻の在と不在とを反復するなかで、在による快感が、不在の苦痛を引き起こすのを、能動的に体験していたと考えてみたい。それによって、対象の不在が成立する。
「負の現実化」における〝不在の対象〟の認知が進み、「ない乳房が、ある」、それから「乳房が、ない」と実感されるのは、外界に乳房が不在であると認知されているからだけではない(傍点、著者)。そうではなくて、苦痛という現実知覚が否認されないところで、外界の乳房の不在という現実は、内界の〝ない乳房〟という思考との対照で、外界において発見されなければならないものなのである。すなわち、〝ない乳房〟という思考と、苦痛という現実感覚が、外的世界にその対象がないという現実を見出させるのである。」
(松木邦裕『不在論』より)

二三

まなざしの先に落ちた影を辿ると、傷痕が根雪に凍りついている。隠蔽された憂鬱が乳房を覆い、熱情を帯びた夜更けに、去年《こぞ》までの罪業を倫理に代えて俯いた。足先の歪んだ痺れ、指先に止まる過失。湿った枕木は旅人たちの疲れを数えずに、老父のように微睡んでいる。

二三

蝶は蝶のかなしみに鎮んで、上弦の月にも怯えながら、緩やかに翅を震わせている、ときを悼むように鱗粉は微光にさえ映え、煌びやかにいつかの凶々しさを癒している。何処までも応答のない問いかけに微動したのは、幼気な垂蛹だったから。吐息を溜めながら過ぎる。

一〇五

祖廟にて小石に宿るもの　朝露の一滴に　断念せねばなるまい　欲望の果ての　欺瞞ならば

ゆきました。

夫の手とわたくしの手は、かすかな、けれど確かな熱を帯び、鼓動を響かせ、血流を渦巻きのようにし、そこにもうひとつの宇宙を創り出しているような、わたくしはその時空のせせらぎに身を委ねておりました。

ひとつだけ不満めいたものを申し上げるといたしますと、段丘を見下ろした際の、夫の横顔の寂しさでしょうか、なにか悔いるような、同時に悼み憐れむような横顔でした。夫のそのような表情を見ましたのは、

二四

木枯らしに裸体を晒して吹き荒ぶ夢があった。過去の痕跡だけが幻視にむき出されながら、それでも草木をあたためているのは何故か。溶けかけた雪の泥濘にもやさしさを覚え、遙か青空のもと、死者たちの光る行列を記す。誰かが名を呼んでいる。夜雨が近い。

二五

若さに辿った道に迷いながら、女は震え、男は結ぶ指先に願いをこめた。梟の羽撃きに月は隠れ、夜風も匂う。語るべき言葉をからだに潜ませ、新しい靴が踏みしめる腐葉土の音に耳を傾けた、曲道をどこで違えたのかさえ知らないまま。死の無数に互いの時を見つめている。

一〇六　傷のない

手脚に羞恥する
寄る辺を失くした虚無僧の
黒い袈裟にさえ
のどやかに夜は暮れ

それきりのことでございます。

夕暮が迫っていた所為だと思われます、すれ違う者もまったくおりませんでした。

T村の持つそのような穏やかさが愈々、夫の心を慰め、身体を根からあたため、そのことを通して、わたくしをも励ましてくれているようでございました。

宿に戻ると、夕餉の支度はすっかり調っておりました。

二六

夢の中で約束された邂逅に涙して、不自然に蒼い空を仰いだ。捧げられた山百合に、清酒と漁師たち、幼児の笑顔に、ああしていればという反実仮想は、どこまで延びていくのかと、夢そのものに問い掛けている。雪も映え、遅い季節が訪れる頃、桐の花が流れくる、あの川辺に出立しようと、未だ告げられぬまま。

二七

浸水区間千メートルと、汚れのない標識に煩いながら、互いに無口になった車中。いきのこったことのぜつぼうと、しゅうちと、よろこびと、くのうを、かぞえられないそれらを、生そのものにかえて。新しいコンビニエンス・ストアの店員の髪型に見惚れた。今日までのことなら忘れて欲しい。

予想どおり、他にお客はいらっしゃいません。それでわたくしは心から安堵したのでございます。

わたくしどもが食卓につくとやがて女将がやってきては、初めて耳にする訛りの強い言葉でなにやら喋りはじめました。どうやらそれは、三階にあるお部屋のことのようでした。断じて開けてくれるな、ゆめゆめ忘れてくれるなと、そう女将はおっしゃっておりました。その理由もそこには含まれているようでしたが、聞き取りにくいお国言葉でございます、正確なところ

二八

声を亡くした受苦を拱《こまぬ》いて地平に立っている。数多の交錯に祈禱さえ粗暴な瞬間があり、海を背後に日々を啄ばみ航る、名もなき鳥たちを目で追った。指先には嘴の傷痕が灯り、夢の中途でその血は流れる。寝返りをうつ憂鬱、どこにも届かない吐息が、過去の名を枕元で呼んでいる。

二九

足跡さえ消えて、忘れ去られた謝肉祭には、遠き奥山の銀世界に、今宵、透明な肢体を持つものだけが集まった。せめて遅れないようにと先を急いだ。凍りつく毛先、眉、鼻先、そして指。逸る息の白さにも祝福あれと、互いの瞳にはじめての神を宿した。

はわたくしには皆目、見当もつきませんでした。また夫にしたところでそれは同じだろうと、わたくしは高を括っていたのかもしれません。

無言でお夕食を摂り始めました。その土地特有の土の香りのするお野菜中心のお料理でした。

わたくしどもは、普段は、動物性の蛋白質をまったく摂りません。夫の病がそれを受け付けないのでございます。お医者はまずそのことを配慮してくださり、この宿を勧めてくださったようでございます。精進料

三〇

萎む乳房に重ねられた手の温みに酔う宵闇に、今までのときを火に焚べる。隣室の喧騒に浮かび上がった肉体の強健は、小さな世界のゲシュタルト*8にも遊び、ひとくみの男と女になす術はない。止め忘れた水音に身を忍ばせた、どこかで扉が永久に閉じられる、その隔絶にはため息さえ煩わしく。

*8 ゲシュタルト、構造を指す概念。ドイツの精神分析学者F・S・パールズには「ゲシュタルトの祈り」という詩句がある。「私は私のことをする。あなたもあなたのことをする。私は私。あなたはあなた。私はあなたの期待に応えるためにこの世に在るのではない。あなたも私の期待に応えるためにこの世に在るのではない。でも、もし、偶然に、お互いに出会うことができたら、それはすばらしい。しかし、そうならなくても、仕方ない（また同じようにすばらしい）。」パールズはこれを食堂のナプキンに書いたという。

三一

小さきものの目線に水平に位置しながら、父祖たちは彼らに種を宛行った。その温みのために、彼らの手脚は伸び、声は変わる。瞳の奥行きに海を浮かべながら、頽廃をさえ禁じ得ない彼らの無垢はどうだろう。浄夜を巡った素足が最初に時を告げる。種の名は知らない。

理よりは重みのある、贅を凝らしたお料理でした。

わたくしはさることながら、夫もめずらしく食事を楽しんでいるようでございました。普段は見向きもいたしません食前酒などもいただいていらしたからです。お顔の血色がいつもとまったく違うことを、わたくしはとても嬉しく感じておりました。

お部屋に戻り、しばらくしてから入浴を済ませ、お布団を並べると、わたくしどもはそれぞれおもい思いに、匂い立つ夕闇を過ごしておりました

一〇七　新しい季節だけを　寝具脇に並べ　旧い書を　名ごと認めた　憂き日々に

三二

わずかに匂った銀の水花に、叶えられない望みを託したのは、暮色にほどける幼年期の余波だった。海辺に漂着するロングターム・メモリー*9の音色は母祖たちのまなざしに縁取られ、同時に守られている、その隣接の荒々しさよ。

*9　ロングターム・メモリー、長期記憶。短期記憶と対をなす記憶の概念。比較的長期間、保持されている記憶のこと。

三三

いつまでも揺れ惑うシルエットに憧憬を連視して、主体の棒線[*10]にも肯首している。萎びた文字が降る夜に静けさは置換のバロメーターだ。どこまでも迫害される名もなき世界に寄りかかりながら、もうひとつ、ランプに火を入れた。まもなく、かえってくるものがある。

わたくしは小さなテーブルに向かい、葉書を何枚かしたためておりました。その間、夫はぼんやりとお布団に寝転びながら天井などを見上げておりました。もともと口数の少ない夫でしたので、そのときなぜ突然、堰を切ったかのように話し始めたのか、理由は今でもわかりません。

「ねえ、おまえ」、夫は低い声で切り出しました。

「この辺りは昔、馬が多数、飼われていたらしいのだよ」

　一〇八　馬を曳く　駄賃付の男が　両手を合わせた　傾いだ背と石碑に　新しい祈りを込める

＊10　主体の棒線、ラカンによる。シニフィアンの導入によって、(自己) 疎外された主体のこと。

三四

冗漫な夜明けには寝具のうちで、僅かな物音にも記憶を探った。昏に昨夜の波音を漂わせ、汗ばんだ背中の傷を指先で辿る。行先を失くした道標に再び眼を向けると、幾つかの記憶はことばに隈取られるが、おどろくほど頼りない。脱ぎ捨てられた亡霊たちの吐息、今日を拒否して。

三五

夕星に沈む異郷とかの地を結ぶ、たったひとつの言葉に慄く。血／乳／父と、静脈に透けたメルカトル図法に、新しい線を描いた。戯れは原罪にこそ危うく、ひととき風に吹かれながら、部屋の暗がりで疼く背中に、蝶の亡骸は消えかかる霊魂を慰めている。

夫は天井を見上げたままの姿勢で脚を組み直しました。

「さくんまという、他所の地域の田畑仕事用に貸し出す馬のことだよ、その見返りとして秋口には不足しがちな米を受け取る。軍用として徴収されるまでのことらしいがね」

「わざわざお調べになったのですか」

「調べたというほどのことではないが、興味があってね、おまえは、馬は嫌いかい」

三六

薄灯のなか、仲違いの記録も清清しく、織り成した布目のような交誼を夢にさえ見て、いとおしむほどに言葉を装う。寒さに重ねた肌触りは、ページを繰る音に連なり、広げた地図には血の影を落とした。僅かな葛藤を飲み干して、再び出かける準備をしている。かつての軌跡をなぞる。

三七

名もない輪舞《ロンド》を尖塔の影に落としている。止まった時計の針が指す、過ぎ去るいまを悼みながら、他者のためにのみ笑ってみよ、倦くまでと、煉瓦敷きの小径に遊んだ。弥果《いやはて》のガウス曲線[*11]を目指して夜明けはやってくるから、優美な繊維に首を傾げながら足元の位置をずらした。


「嫌いというほどではありませんが、子どもの頃、近所の神社に一頭だけ飼われていた雌馬がおりましたが、なんだか哀れでございました。祖母に連れられ、よく見に行ったものでしたが」

「これよりもっと北の地方では、馬と結ばれた娘の話もあったりするが、馬にはどこか、農用、軍用を超えて、はるかに神々しい趣があるね」

「そういえば、今、思い出しましたが、幼少期に馴染んだ童話にも、人語を話す馬の話がありましたわ。そ

＊11　ガウス曲線、数学（確率論）、統計学の用語。一般的に、標本数が多いときその平均値には正規分布が仮定される。

三八

列になったこの島の、方々に散りばめられたものがたりを束にして、手渡したいと願った夜に、色彩がことばを追い越してゆく。深夜、ひとりになってから開く書の先に導を立て、やがてかたち創られる剝き出しのものを思う。見ないでと願ったのも女[*12]ならば、九相に描かれたのも女だった。

*12 見ないでと懇願した女の目の奥の水晶体にこそ、映された〈もの〉が浮かんで、それが今宵、剝き出しにされる瞬間を、男は幾夜、怯えながら過ごしたことだろう、それでも震える女の肩先に手を置かずにはいられなかったと、初めての言語で語る。やがて厭かれる朝を女は予感しながら、傷つくことしか知らない身体を、〈とき〉の代わりに白いシーツで隠しもするが、燈された明かりの残酷がそれを赦さず、白い壁に幻影をほのかに揺らす。痕跡を辿れば、そのまま夢へと延びていき、ふたりという接合をあたため直す。九相はそこでは、いまだ否定されている現実の原則に他ならず、夢の内側での褥を用意しているに過ぎない。

北山修『見るなの禁止』『悲劇の発生論』より。ここでは、何が禁止されているか、シンプルに明瞭にしてみたい。まず「異類婚姻説話の禁止」だが、説話的時間の経過によって破られる相対的な禁止であり、（女性の）性、出産、授乳、裸体、排便、

三九

やがて北の本堂[*13]では言語さえ小金になり散り積もり、雪よりも冷たいそれは歴史の比重に等しく無限の験《しるし》に同位する虚空だ。愛と死を賭して、少女はひとり舗装路で石蹴り遊びに傾斜する。名を呼ぶ声はないが、母の薄い乳房の、遠い乳白色の感触が彼女を包み、今夜もなぐさめてくれるだろう。


の馬は首を切られ壁に飾られても、孤独な王女の話し相手となって生き長らえておりました。幼心にそれが不思議でなりませんでした」

「それで、その馬はどうなってしまうのだい」

「忘れてしまいましたわ。読んだのはほんの幼少期、まして、その昔話に取り立てて惹かれていたわけではございませんから。あなたが馬のお話をなさるものですから、おのずと思い出されたのでございます」

　そうこうするうちに、夫の寝息が聞こえてまいりま

排尿などを「見ないで」と禁止することによって、二者関係において、不潔、不健康、いやらしいなどの感慨を伴った幻滅を回避しようとしていると考えられている。一方、「乙姫の禁止」も破られるための禁止ではあるが、禁止の違反によって、有限の身体を媒介とした時間感覚が発生し、それが（乙姫との二者関係の）理想化された幻想世界への決定的な幻滅を引き起こすのを回避しようとしていると考えられている。

いずれにしても、両者とも、そこから二者の「永遠の離別、喪失」という悲劇が発生していることに相違ない。

*13 ここでは中尊寺金色堂のこと。

四〇

背後に訪れた僅かな温みに父祖の名を認め、瞼の裏ですでに〈禁制〉*14の芥を拭き取っている。再会を祝した雪はどこまでも景色を凍らせながら、早咲きの梅の香に見えない火を灯した。巡る季節をいつまで拒絶していいのだろう？　兄が先に立ち上がる。後を追う弟のあどけなさがある。

*14 吉本隆明『共同幻想論』のなかの「禁制論」より。「共同の禁制は制度から転移したもので、（略）知識人も大衆もいちばん怖れるのは共同的な禁制からの自立である。（略）べつの言葉でいえば〈禁制〉は〈幻想〉の権力をつくるが〈黙契〉は習俗をつくる」とし、「未開の〈禁制〉をうかがうのにいちばん好都合な資料」として「遠野物語」を挙げている。さらに、「遠野物語」の民譚に対する崇拝や畏怖はすべて〈他界〉（吉本による）に対するそれであり、その根源には、「村落共同体の禁制（傍点、著者）が無言の圧力としてひかえていた」としている。
これは極めて興味深い指摘と思われる。遠野という土地の実際の地勢と、多くの民譚を産み出した里としての地勢との差異が、すべてこの点にあぶり出され、集約されていると思えるからだ。

四一

泥濘に足を取られながら、小袖曾我の空を夢みる。弟を北へ追った兄[*15]は、仇を討つ兄弟を果たしてゆるしたのかどうだったのか、光堂の傍らに立ちつくしながら、皹の指先に揃いの手套を当てた。歴史の足蹟の只中で、夕餉にはまだ早い時刻、黒髪に埋めた男の細い面影に遊ぶ。

した。

やはり疲労は深いものだったに違いありません。わたくしは夫の掛け布団を整え、その後、自分自身も布団に入ったのでございます。

ぴしゃん、ぴしゃんという、不思議な物音で目覚めたのは、真夜中過ぎのことでした。確かめたわけではございませんが、夜明けにはまだ間がある時分のことだったと思われます。

*15 ここでは源頼朝のこと。曽我兄弟も頼朝と縁故が深い。

四二

誰にも知られることなく記す文字は、鈴の音を幽かに鳴らす。小さな白い部屋のこと。父祖たちは老いさらばえて、ますます汚く、都市の残滓へと近づいていく。親指の爪に詰まった土の記憶は何処から？　静かにしていなければならない。鈴の音の残響、文字の震え。両肩の稜線が愛しい。

四三

真夜中にめざめた恍惚は新しく、四肢の痙攣も懐かしくなる。緻密なカーペットに足裏は予定調和の兆し、寂しさを堪えてベッドを抜け出した。窓辺は月虹に柔らかく溶け出し、記憶をどこまでも拒絶する。僅かな光にも語りかける植物、夢の内部を音符になって歩き続けている。

わたくしどものお部屋は二階でした。

宿自体は三層造りで、二階までが吹き抜けになっており、三階へはどのお部屋からも行けるように、小ぶりな階段が造り付けられておりました。その先は客間ではありませんでしたが、天井の低い、狭い板の間のお部屋がございました。いわば屋根裏部屋、お蚕部屋のような造りを想像していただけるとおわかりになろうかと思います。音は確かに、その辺りから響いておりました。

四四

たったひとりを裏切らない夜が、すべてを裏切らない朝に連なる、アンチノミーの恍惚にいまの祝福がある。聖者の足音が響く。背後に眩惑を、産まれなかった赤児のように背負って老いてゆく日々を悼む。清貧よ！初めて諳んじたのは、どんな夕暮れだったか。もう一度、振り返る。

四五

疲弊が心地よく身体を温め、宵闇の彼方へ。繋いだ指先の細さにも憧れ、ゆるされてあることの僥倖に見馴れた景色を透かした。交わす言葉の端々にやさしさなど白々しく、苦悩を厭わない智慧に寄りかかる。最初のまなざしが思い出せない、そんな不安をどこかに隠して笑った、雪の交叉点でのこと。

わたくしは耳を澄まし、しばらく聞き入っておりました。それは雨だれのような、波音のような、あるいは以前レコードかなにかで聞いたことのある、どこか遠い外国の弦楽器をかき鳴らしているような、耳慣れない音色でございました。

夫は規則正しい寝息を立てながら、深く寝入っておりました。外泊するときには必ず何度か目を覚ます夫でしたので、それは意外なことでした。不可思議な事態と申しましょうか、わたくしはその頃には既にどこ

四六

眼鏡橋[*16]の袂を渡った老猫の尾を覚えている。流星のように焔を放ち、誘う希望の先のほう。生年からの時を展き、濾過した情緒を今こそ笑い飛ばしてみたい。それは忘れられた名の兄、つけられなかった名の従姉妹。弛んだ季語にすれ違いざまの首筋は若返り、老猫も立ち止まる。


*16 猫の髭先にたった今を幻視し、両手を伸ばした。猫はなかなかやってこない。肉球のやわらかな丸みと、四肢のしなやかなぬくみに、託したい〈物語〉がある。水浸しになった舗装道路は、俄かに豊かな路地へと様変わりし、雪の残る全景を顧みた。尖度を大きくしながら落ちてくる夜空はイニシアル・ドリームに似て、ひととき、すべてが停止する。立ち上がると、幼年期から今日までの幸福と過ちとが交互に燃え上がり、花火となって木霊を返している。廃棄された蒸気機関車さえ蘇り、誘う悲しみに途方にくれた。声はない。弁別に声紋だけでは不十分だからと、聖者は列になって足並みを揃えて乗車している。ときの罅割に新たに今を擁立して、立ち上がる。

猫の毛並みは更にすずしげに光を帯び、喪失は世界の新たな洋装となって、私を見た。

花巻から遠野へ向かう途中、宮

四七

季節に包摂された時間の束を、余白に翳し、風も凪いだ夜更け、郵便配達夫[*17]の鬱積を知る。その日も雪の深い夜だったに違いなく、静かに消されていく影に嘆くことのできない刃物が揺らぐ。妹の呼び声も一層寂しく、翌くる日の空は血に沸いた。過去という座敷牢の鍵を握りしめている。

か恐ろしさを薄々感じておりましたが、病を思うと夫を揺り起こすのも憚られ、ただひとり、寝床で孤独に、再び寝入るまでの時間を汲々と過ごしておりました。夫に気取られぬように、何度も寝返りを打ったことを覚えております。

　けれど、なかなかそのような時間は訪れません。うとうととはするのですが、そのたびに、ぴしゃん、ぴしゃんと、まるでわたくしを呼びつけるかのように、その音は鳴り響くのでございます。

守町にある橋梁。JR釜石線（かつての岩手軽便鐵道）が通っている。宮沢賢治の『銀河鉄道の夜』のモデル。宮沢賢治はこの鉄道を利用して上郷小学校へ赴き、そこで『風野又三郎』を書き上げた。

*17 佐々木喜善著、石井正己編『遠野奇談』より。そのなかの「消印余録」には、佐々木喜善が郵便局で事務をしていた間、集配夫であった源次郎という老人から聞き取った話がまとめられている。『遠野物語』や『遠野物語拾遺』には収められていない。

四八

たどり着いた山の中腹で見下ろしたのは、さまざまな影が往き交う神話の郷だった。土淵村のさびしい楽土、力自慢の昼寝場、老いた馬を引き連れ通った忍峠*18暮れ泥む景色に溶け出した靄が晴れる。あれは火雨塚の辺り、もうじき、新しい神話がまた産まれる。

*18 柳田國男が一九〇九年八月、遠野の松崎から附馬牛へ向かう際に越えた峠のこと。

四九

いつか山の麓で弟の無邪気を雪に刻んだ。清潔な砂糖菓子の甘さに浮かぶ横顔と、果てない悪戯に笑いながら傷ついた幼年時代は既になく、ここは山の麓、眼前には蛇行する光る川[*19]。軽いコートのポケットに両手を突っ込み、夢中になっていたから、転倒にさえ気づかなかった。弟よ。

わたくしは諦め、やがて起き上がりました。

そして枕元に用意した新鮮な飲み水をなるべく音を立てないようにコップに移し替え、喉を湿らせました、からからに渇いていたのでございます。

月明りも星明りもない重苦しい夜でした。夜に鳴く虫の声もありません。奇妙な音はその代わりに繰り返されている、ふと、そう思ったものでございます。

わたくしは普段はおとなしい女でございます。日常でなにか不可解なことが持ち上がりましてもそれをわ

＊19 猿ケ石川。

五〇

風に沁みる頬の傷と、愉悦の狭間に見た悔恨を死んだ祖母が物語る。昼餉に間に合うだろうか。傾斜した地に結ぶものは何もなく、廃除の〈掟〉にも抗い続けた。見えない荷物は今日も加重され、いつだって足もとに注意するしかなかった。祖母の声がこだまする幻聴に憩う。

五一

冬にはしゃぐ幼児らの汚れにも、父母の安らぎが重なり、世界はどこまでも閑かさとともに拡充していく。諍いの手を休めて、一瞬だけ振り返った。時の連なりに互いの鼓動を縫い合わせながら、いつか、という未醒の希いに問う。真昼の閃光、犬の鳴き声、女たちの微笑。

ざわざ解き明かそうなどと、そんなことは決して思いませんし、また、好奇心のようなものも持ち合わせておりません。

ですが、そのときは違いました。意を決し、恐ろしさを心の脇に押しやり、正体不明なその音のみなもとをこの目で確かめようと、ランプを片手に、括り付けの階段を昇っていったのでございます。

夕餉の席で女将がなにやら話していたことが、俄かに思い出されましたが、わたくしはそれを無視いたし

五二

戻ることのない残余に、息《いこい》すら罪に似て、白鳥の飛翔を目で追った。あれからどれくらいの夜を数えたか、六角牛山の麓、光る川の畔、雪に埋もれた野仏が脳裡に浮かぶ。文字に刻まれるのは果たせなかった約束だから。名もなき窓辺、日向の猫に明日が潜んでいる。

五三

銀に光る田圃に荒神[20]のかなしみを鎮め、橇で足踏む兄妹の無邪気に過去を置いた。病んだ指先の痒みさえ、例証の名残であれと、空虚なときを恨む。兄が妹の手を引いている。揃いの上着に雪が眩しい。枯れた大木のいとしさに影は揺れる。銀に凍る田圃の荒神の、やがて鎮魂。

ました。

　ぎいぎいと重みに階段が軋みます。夫がその音に反応し、ううんと唸り声を上げましたが、わたくしは構わず昇っていきました。

　階段を昇りきると、旧くなった、跳ね上げ式扉を、音を立てないようゆっくりと上に押し開き、まず目だけでお部屋を覗き込みます。そのときはなにも見えませんでした。そこで、わたくしはランプを横に置き、思い切って顔を扉から上へ出したのでございます。

＊20　荒神様（荒神神社）のこと。田圃のなかにぽつりと茅葺屋根のお堂が建っている。権現様（ゴンゲサマ）が祀られている。『遠野物語』第一一〇話より。

五四

孤独に咳き込む夜更けに、物語せよと、盲いた語り部の輪郭はやわらかく、伝承地に微ひかる文字[*21]がある。囲炉裏の火も煩わしく、訛音の響きに酔い痴れた。擦り切れた畳の匂いと縁側に残った陽の温み、足の痺れは想起に追いつかない。息を止め、ときが満ちるのを待った。

*21 雪景色に銀色に映えた言語は、俄かに他者めいて、ゲシュタルトの網の目の内側にわたしという主体をそっと擱く。その肌触りにいつまでも戯れながら、少雨のひと粒となって歩み出した夕べ、行先には新しいゲシュタルトが遊び、わたしたちを迎えいれる慈愛がある。
三叉路の徼には、小石の代わりに言葉を積み上げよう、文字を並べて〈物語〉を編んでみようと、すれ違う無数の影につぶやいていた。応じるかのように、遠くに、聴こえるはずのない海鳴りが低く響く。
振り向けば宵闇さえしたしげにさんざめき、足元を絡めとりながら、夕餉を支度する／女たち／の神秘がそこかしこに渦巻いているのが見える。

遠野物語の舞台となったそれぞれの場所に建てられた、遠野市による銀板のこと。サムトの婆（『遠野物語』第八話）、妻の神の石碑、「駒木しし」を完成させた舞い手・角助の墓、河童（遠野物語第五五話から第五九話）、阿部（安倍か？）屋敷（『遠野

五五

何気なく寝転んだ畳の上にこのまま耳を澄ませていたいと、冷え切った身体の拠り所のなさはどうだろう。今までの出来事と明日からのそれを秤にかけ、棄て去ったものさえ忘失している。物語の果てに萌す季節に、無造作に障子戸を開ける明るい背中[*22]を見つめている。

カタンという乾いた音が必要以上に大きく響きました。埃っぽさに最初はなかなか目が慣れませんでしたが、やがて、窓明かりにしだいに大きく照らされお部屋が水浸しになっているのが目に入ってまいりました。ぴしょん、ぴしょんというのは、水の音だったのです。

そうです、わたくしが寝床で何度も耳にしていましたのは、隔てるもののなにもない海の、膝くらいまでの深さの透明な海水が波を打つ音だったのでございます。

一〇九　水の記憶　残るのはただ水の記憶　凍る風
消える足蹠　畏れに蹲り

物語』第一五話、第二六話）などがある。

＊22
からだのどこかに言語を刻むことができるのなら、丸みを帯びた背中がいいと仮定する、明日に一陣の風がよぎる。

お前には決して読むことができないその文字列をひとつひとつ数えながら、指先で辿りながら、広漠とした世界の温みに安堵し、なだらかなカーヴをしたがえた行間に憩う。

果てない歴史に〈わたし〉を見つけたなら、あとは、類型に重なる夜を待ち、その地境のような浴室で子どもに還って湯を掛ける。

どこまでも静けさに熟る文字に、お前はかつてという齢を折りたたみ、新たに刻まれるはずの文字が夢となって立ち現れるのを、予覚している。

夫の後ろ姿。川前別家の曲り家でのことだった。

五六

鳥になった姉妹[*23]の諍いを笑い飛ばし、今夜は記憶に酔う。湯気で曇った窓ガラスを幸福の徴しに代え、深まっていくかなしみをおし殺した。呼びかけあった声さえ忘れたならば、やりなおせばいいからと、慰めるような夕餉の片づけが気恥ずかしい。液晶ディスプレイに、互いの影を映してみる。

＊23　小鳥前生譚。『遠野物語』第五一話はオット鳥、第五三話は郭公と時鳥。また、『聴耳草紙』第一一四話（その八）にもある。

五七

指先の脈拍に幾億年分の夜を綴じ、目を瞑る。疲弊の膜に包まれた繭の夢想に、いつか少女は膝頭の瘡蓋を掻き、血を舐めた。反復される焦燥と不安に縁側の床板が軋む。寒さを拒絶し、爪切りを探した夕餉までのつややかな時間。少女よりも少女の肉体に近い刃の光、月影に滲む。

わたくしは咄嗟にランプの灯を吹き消しました。ひとつには覗いているのに気づかれないため、ふたつには、水と灯とが相容れないため、もうひとつはそこが既に深夜ではなく、真昼だったためです。

陽の光を受け、波頭が白く揺れております。波はまるで満ち潮のようにやがてわたくしのいる場所にまで広がり、すべてを包んでしまいました。わたくしは瞬く間に海のなかに呑まれてしまったのでございます。

海藻の森が揺れておりました。根もとの岩場には蟹

五八

雪の白さをさびしさに見立て、語り明かした男たちのことばが、今朝も降り積もる。遺棄した姥が黙って手をとった野を訪れてみようかと、兄弟は目を細めた。揃いの靴を準えたのは血のしるしだったか、遥かな和《わ》解《げ》*24こそをと、出遅れた弟に兄は笑い掛け、祈念している。エスペラント*25で夢をみる。

*24 和解

遠回りしながら、路にいつかの名を刻みながら、花の色を確かめながら、草いきれに惑いながら、波のかたちを覚えながら、月の傾きに酔い痴れながら、階段の長さに眩暈しながら、笑い声とすれ違いながら、指先に小さく触れながら、歌いながら、ため息をやり過ごしながら、古い写真をふたたび眺めては〈とき〉の計らいを味わいながら、譲りあいながら、雨音に耳を澄ませながら、家路を急ぎながら、揃いの敷布団を並べ枕元に希望を託しながら。

父母の夢には、〈わたしたち〉が豊かに遊ぶ未来があったと、そここそが約束された場所であったと、遠く、近く、語り合う。

ここでは対象喪失における「喪の仕事」（S・フロイト他）として考えてみたい。脚注（＊7）より、不在として発見された対象は、やがて喪失として位置付けられる。そこには、喪失の否定、対象への怒り、自責、抑うつ感情、怨恨なども含まれ、やがて感情は、喪失を受

五九

山に囲まれた原野をあたため、響きわたる声とまなざしとに、夜はどこまでも紅に深まっていく。遠野という抒情に酔いながら、イエスとマリアの像を懐にひっそり温め隠した、悲父母たち[*26]を幻視する。織り込んだ時といっしょに火に焚べたのは未来、ただの未来。

一一〇

うしなわれた都市の　名を反すうすると
その日のものの息づかいは
漲る　波のしたのこと

の子らが遊んでおりました。雲丹が群れをなして転がっていくのも見えました。

真実の水底は、碧や紫や橙など、様々な色彩で膨らみ、また萎んでいくのを、ご存知だったでしょうか。それはまるで、幾重にもぬり込められた虹色の楽園を見ているかのようでした。

そうですね、わたくしはもしや夢を見ているのかもしれない、そのことがふと心を過ぎりました。それは起きながら見る夢、ひとが生涯、一度か二度ほどしか

容した、しみじみとした悲哀へと到達する。或いはその果てに、赦しのような情感を想定してもいいかもしれない。それら一連を「喪の仕事」というが、ここでは敢えて「和解」と呼んでみたい。この「対象喪失」には、人間同士の別離や、死別だけでなく、その主体にとって重要な対象（ex.ある種のイデオロギー、若さそのものなど）も含まれる。

「大きな災害が起こったときに、生き残った人たちが死者たちとの関係をめぐってどのように折り合いをつけるのか、ということが大変重要な問題になる。つまり、折り合いをつける過程を、その精神科医（注：中井久夫）は「喪」と名づけています。「喪」に服しながら、もう言葉を交わすこともできない、よじれていたかもしれない関係を解きほぐして編み直すこともできないところに行ってしまった死者との関係を、どのように折り合いをつけて受け入れるか、和解をするかということが最大のテーマになる。（略）一瞬にしてあらゆる関係が断ち切られて

六〇

河辺[*27]に垂れた釣具にさえ、時は重みを忘れ風となって過ぎり、異化という憧憬を、広げた手のひらであたためた。両の乳房を斬り落とし捧げたい願いも女の嬌声に等しく、狡猾な罪過はむしろ足どりを軽くする。いつか、と呟き、渡りながら振り返る身辺に、母の守唄を抱く。

しまう。生きていれば時間をかけて溶かしていくことができたかもしれない結ぼれのようなものも、もはや溶かすことができない。そのまま固く凍りついてしまう。（略）語るということは死者と向き合うということなのだと思います。（略）こういう語りの行為というのは、目の前に現れてきている死者たちを鎮めるため、いわば鎮魂のためです。」（赤坂憲雄・三浦佑之『列島語り』より）

また、喪失はつねに、一方通行ではなく、双方に生じることを忘れてはいけない。

なお、ここでの「遺棄した姥が黙って手をとった野」とは、当然デンデラノ（蓮台野）とその近くに必ずあったダンノハナのこと。（『遠野物語』第一一一話から第一一四話）

＊25 柳田國男、佐々木喜善、宮沢賢治は三者ともエスペラントの重要性を公言して憚らなかった。

＊26 見つかりそうになると、更に奥山へ逃れていった切支丹の吐息の白さを喩に描く。できること

六一
架橋の空間に贖われた女たちのあえかな身体はどうだろう。洗濯物を脇に抱え、笑いながら川辺をのぼっていく、解れたおくれ毛に夕餉の予感が漂う。そして視線という珠号に振り返り、慌てて靴先で小石を蹴飛ばす少年らの羞恥の頬に、母の虚像を背後に携えた。夕闇が迫る。

目撃することのない夢なのかもしれない、と。

二二　みつくせぬ　まばゆさに　たまゆひを　ぬばたまの　くろかみと

ですが、それにしては海は生々しすぎました。わたくしは水の塩辛さを唇に感じ、水の重さに比例して普段より軽く感じられる身体を持て余しておりました。冷たさと同時に生ぬるさを覚え、なぜか悲しさとなつかしさを同じものとして感じておりました。

　しばらくそのままの姿勢で、じっとしておりますと、どこからか海原の唄声が聴こえてきたのでございます。波音よりも遙かに豊かな、それは幼子が好む子守唄で

ならば、その肩に手を添えてみたい、腕を取り、雪道の明るさで励ましたい。彼らの言葉が信仰で隈取られていたとしても、哀切に耳を傾けたい。見上げれば、西の空に上弦の月、薄く、あたたかく、西北に広がる山峰を照らしている。

東北地方に逃げ延びた隠れキリシタンのことを指している。唐突ではあるが、弾圧の難を逃れ、東北地方に点在している金山等に潜んだキリシタンも多く、その姿に東北の村人たちは、山人幻想を重ねたとされていることを記しておく。小友村にも、当時、有数の金山があり、金鉱を掘るための特殊な技術を担い、伝えていたのがキリシタンではないか、と考えられてもいる。

*27
猿ヶ石川のこと。河童の伝説が多い。（『遠野物語』第五五話から第五九話）また、常堅寺の裏手を流れる小川の畔には、乳の神を祀った小さな祠があり、母になった女性が祈ると母乳の出がよくなると伝えられている。

六二

（河童淵の畔、白い老犬が死んだってさ、真冬日の黄昏時のこと、前足をじょうずにまずは游ぎながら、浮いたり沈んだり、燥ぐ背中が海月のようだったってさ。太郎河童の仕業だろうから近づくなって大人は怒ったけれど、死さえ遊んでやり込める、犬の野性が羨ましくてならなかったってさ。）

六三

太郎淵の脇で出会った老猟師の影を覚えている。雪を背負った竹林に座り込み、痩せた犬を抱えながら、もう鹿《しし》狩りはやめたと呟く横顔に夕焼は滲み、美しさとはなんだったか、己の肉を今度は鹿たちに喰わせるのだからと、煙草に火をつけた。摂理よりも重くのし掛かる日々がある。

ございました。母のような、父のような、あるいはそのどちらでもない何者かが、わたくしたちのために歌っているのです。わたくしはその唄を聴きながら、この海原のどこかで無数の子どもたちが今まさに産まれ出でようとしている、その予感を確かに感じ取っておりました。

同時にそれは鎮魂の唄のようでもありました。荘厳な和音と可憐な高音とが重なり、消え入りそうな魂を慰撫しております。わたくしはその唄を耳にしながら、

一一二　消えかかる音韻は　残滓にも干与せず　諦めるようにして
浪路を駆け下りた　いずれ抵抗とさえ　言い切れぬ侘しさ

六四

雪の銀の深みに横たう花の萌芽、季節の胎動、沈黙の幽けき拡がりと死者たちの浅い眠り。曲り家の脇、大鳥居の下では川童が狐火で遊ぶ影裏も凍りつき、水神の垢離の音も絶えた。風に違えた思慕を懐かしみ、新しいコートを着込んで出かける、吹雪にも舞う天女の血だらけの羽衣を見る。

六五

汚れた靴に入り込んだ雪に慌てながら、落ちてくる青空を遮った。百年前の朝陽がようやく此処へ辿り着いたと、幻姥はため息を漏らす、卯子酉の鳥居付近。血界が幾重にもはためき、失くしたものの残滓を喜ぶ。祈禱は指先に悴んだまま。

浪間を漂う死者たちの影を、その無念を弔わずにはいられませんでした。

水中に繰り広げられる生と死と、その反復と、ぶつかり合う様、そして和解とを目撃しながら、わたくしはただただ佇んでおりました。

更に奥のほう、目を凝らしますと、女たちの姿が浮かび上がってきたのでございます。

女たちは虹色の水中で、ものを洗っておりました。

それはもちろん、衣類であり、あるいは、汚物にまみ

六六

雪山の快味に、足蹠が徒らに記憶を刻んでいる。永劫の潜んだ巨石[*28]の苔、その翠を前にして、まなざしも無力に倦きながら、やがて鎮む、やわらかな場所がある。帰路には男の手の温みに文字の驕りを嗤った。焰は焰として、氷は氷としてのみそこにある、素朴な宵よ。

＊28 遠野市上綾織にある続石、泣石、不動岩などを指す。鳥居をくぐって、丘を登っていく。途中、弁慶の昼寝場がある。ひとの力で持ちあげるには不自然なほど大きな石で、氷雪を使って運んだとの説がある。（『遠野物語拾遺』第一一話）

六七

「眠りと雪を包む重力の恩寵のようなものが夢に通じてゆく」[*29]、言葉は唐突にそう結ばれ、身体をそこへ近づけていく。風と白の閑かさにも満ち、たおやかにあたたかく、けれど彼の地の吹雪の烈しさはどうだろう。窓を開け、達増部までの不動の岩の苔に、寒戸の老婆の乳房に、遠く訊ねている。

れた襁褓であり、また産まれたばかりの生物や、その死骸でございました。死体を洗う女も数名おりました。それはどこか厳かで、心温まる光景でした。

女たちはまた風に揺れる花弁を洗い、遠雷を洗い、雲や陽光そのものを洗っておりました。そのたびに、女たちの指先には皺ができ、擦り切れ、血が滲んでいきます。伸びきった髪を更に長くする女もいます。腰や背中、首筋はしだいに痩せ細っていくようでした。

女たちはなにかを洗いながら、そこで、どうしよう

*29 宗近真一郎氏のメッセージより。なお「達曽部」は一九五五年まであった村の名前。現在は続石の鳥居付近にはバス停があり、達曽部行きが一日二本、通っている。『遠野物語』第二話に「タッソベ」はアイヌ語とある。「寒戸」は「サムト」。

六八

雪の兆しに幼かった弟妹[*30]は燥ぎ、幻の学舎を後にする。崩れかけた影を密やかに調えながら、昨夜の夢を確かめている。暖かな曇天のもと、孔雀の羽、兎の耳、狼の足、馬の鬣。ひとつずつ数え上げる歩幅は小さい。父母の腕に抱かれながら、幼かった弟妹は、既に、父母の腕を抱き返している。


*30 異郷には幼い弟妹を連れていくと決めていた。彼らが学び、遊んだ幻の校庭が俄かに目の前に開け、溶けない雪さえかつてのまま。

そこで、繰り広げられる雪祭の、雪遊び、かまくらの白い壁に影を揺らした蠟燭の灯、甘酒に足先の冷たさを忘れた打ち明け話は果てもなく、父母の呼び声も手持ち無沙汰に、彼らは今もその場所で抱かれている。

すでに両腕、たくましく、父母の老いた肉体を抱えながら歩いている、今も。

六九

都市の片隅でまたぎたちの声を聴く。些細な諍いのあと、小さな夕餉のぬくみに、猟銃の音の残響に息を潜めた。片目の三郎が倒れたって、口を利かない鉄造が行方知れずだって。山靄はやわらかな文字となってたち顕れ、やがてアスファルトに沈んでいく。窓枠に指を切る。

もないほどに傷ついておりました。それでも女たちの笑顔は焔のようにまぶしく、笑い声は波に揺れ、陽に透きとおり、季節に、次元そのものに谺するようでした。

海底に降る驟雨のあることを、わたくしはその夜、初めて知りました。また、雨を呼ぶ雲のあることを。そして、それすらも女たちは洗おうとするのです。次から次へと、女たちに洗われるものは増え続け、また、それを洗いにやってくる女たちも、そこでは静かに増

一二三　つみあげた石に　死児の名を叫ぶ
女の肌蹴た胸元　宿る野仏がいる
拙い経文を誦す

七〇

湖だった村のはずれ岩に舞い降りた、三人の女神の美しさを季節に喩え、時は経る。霊華を胸に宿しながら、末の女神の嘘さえいじらしく、それぞれの空を見遣った。あれが六角牛山、向こうに見えるのが石上山、そして早池峰山。すそ野は陽に映え、女たちの笑い声が谺する。

七一

曲り家の床板に薄く陽は射し、あるいは死んだ祖母の昔話を聴く。投げ出した脚の傷も光る真昼、囲炉裏端にこもった時差さえ狂おしい。女は童女に過去を映し、縁側の温みに疲れたからだを慰めつつ、ことばに塗れた、記憶を払った。和解《わげ》だったと後で気づいた。

え続けていくのでした。

女たちから僅かに離れた場所には、似たような背格好の男たちや子どもたちが揃って馬の番をしておりました。馬はみな、鬣の艶やかな白い馬でした。馬に話し掛ける女たちも、なかにはいるようでしたが、番をし、手なずけ、ならしているのは男たちに限られておりました。

わたくしの胸は痛みました。手に掬い、飲み干してしまいたいほどの清透な海の光景の一画に、わたくし

一一四

幼い兄妹が
父母になる前夜
再びおまえに出会う数日を知る
損ない続けたその果て
宥《ゆる》しの節目に

七二

雪の目映さに祖母と歩く。着物は千歳緑の麻の葉模様、死んだら代わりに着ればいいと、唇は紅く若やいで、幼い恋を禁じた日々を詫びる。河瀬に訪れた鷺に驚き、ふたりで笑った時を積み上げげた。書を読むね、知を得るねと、小さく呟くと、笑って消えた。狐の関所附近の初夢だった。

七三

わらべ歌ならいっしょに掌に乗せ温めてみたい。天狗岩の果てに揺らぐことのない今日を魂鎮めに笑いたい。白い胸元に拙い文字を当て詩語に見立てて欲しい。ほどけていく土地の名とやわらかに絡み合ったひとの名を数え上げたい。昏い瞳の奥の、昏いやさしさを夜の底で憶えたい。

の胸は粉々になりそうなほどに痛んだのです。

そうです、そのような女のひとりになりたいと切望したからでございます。

それは、それまで感じたことのないほどの強い欲望でした。その烈しさは内側からわたくしの血管を切り、肉を削ぎ、皮膚を突き破るようでした。

欲望はそれほど強いものでした。

それにもかかわらず、そのような女たちの列に加わることは、なぜかわたくしには禁じられていたのでご

一一五　光を失くした師父の後姿に
漸く訪れる幻想も
抑圧に抑圧を宛行い
暮れ果てる夕べ

七四

その先に土淵の山口集落はあるからと、それきり黙り込んだ。朝の光は淡くやわらかく、乾いた雪に足を取られた苛立ちさえ遠のき、埋もれた石碑の影を集めた。集落を見下ろせる丘付近、小さな墓石[*31]に手を合わす。落涙さえゆるされない、ことばを失くした祈りと憧憬、未だそこにいる。

*31 佐々木喜善の墓。ダンノハナの共同墓地（『遠野物語』第一一四話より）の丘に佇んでいる。墓碑銘は折口信夫の筆。

七五

簡素に片付けられた蚕のための天井裏にも、いつかの父母の悲哀を宥めようと陽は射し、階段を数えながら上る。歩武も軽く、空気は益々緩やかに華やいで、巫女たちの千早に初春の花芽は薫る。幸福のしどけなさよ、宴の盃に落ちて、飲み干される季節の無邪気に足を崩し笑った。

ざいます。水中のものは誰もなにもおっしゃいませんでしたが（そこにはそもそも、言葉というものがあったのかどうか定かではありません）、わたくしにはおのずとそれがわかるのでした。わたくしは何度か、深く息をつきました。そしてわたくしに禁じられているそのことを、避けることのできない摂理の一部として受け入れていったのでございます。

　ご存知のとおり、わたくしに子はありません。書を読むことは好みましたが、学問はございません。これ

七六

戸口を開けた左手には灰色の馬が嘶き、いまは失くした原野を夢みている。雪灯りが鳴り渡る真夜中、娘たちは羞らいながら、父なる〈掟〉をすり抜けて舞う。最初に流した鮮血の行方に、乳房の膨らみと痛みを託し、新しい物語を受け取っている。裳裾のほつれを朝陽があたためる、かはたれ時迄。

七七

敷き詰められた雲の白の先に初空の
青は陽に映え、雪の銀を透過してゆ
く。背には速水の音、のどかさにも
涼しげに水車を撫で、何処でもない
どこか、遥かさだけが小さきものを
巻き込み輪唱している、声に耳朶も
こそばゆく、まなざしを充てると、
逃げ惑う過去の翳りにいじらしく。

までの半生において、なにかを強く希望することや、反対に拒絶すること、それから、誰かを深く愛したことがあるかと問われれば、そうだったかもしれないとしか答えることができません。

しかし、わたくしはそのような海の只中にいて、自分が孤独でないことをはっきりと悟ったのでございます。

わたくしは階段下で眠る夫のことを思いました。その病の深さと、夫がたったいま見ているのであろう夢

七八

春まだき、孫左衛門[*32]の墓の傍に立つ光の柱に遊ぶ、幼児を視る。湿った土の匂いを嗅ぎ、草木の青い息吹を知る。風の翠と水のせせらぎに頬はゆるんで、小さな瞳に過去を浮かべては、今にも泣き出しそうな笑みに冬鳥が最後の影を引く。暮れかかることばの背後、幻父母の、彼を呼ぶ声を聴く。

＊32 遠野市土淵山口集落にある山口孫左衛門の墓を指す。(『遠野物語』第一八話から第二一話より)また佐々木喜善の生家もこの付近にある。

七九

マヨイガの杜に還る黒い鳥の長い尾を眼だけで追い、宵口の軒下に氷麗を手折った。そのとき死者は白く冷えて、また暖かく翻り、外で遊べと、彩雲のした、子どもたちは無口になる。そこで出会った人の名を教えて欲しいとせがんだ翌くる日は面映ゆく、雪も溶けてゆく。

のことを思いました。それがわたくしの、わたくしという女の生理でした。

ややあって、波音が一層激しくなり、水の色が濃くなったところで、わたくしは寝床で目を覚ましました。夜明けはどこかよそよそしく、わたくしを新しい棲み処へと押し出すかのようでした。

そんなことが、三日三晩、続いたのでございます。

夫には、わたくしからはなにも話しませんでした。

一一六

蕭々とした竹に
金箔と敗北を
折りかさね
紫煙の幻
　曼陀羅

八〇

山の麓、風花に呼ばれた兆しして、読み掛けの書に栞を挟み、冬花火の傍らに物語を擱く。長い髪は襟もとを微かにあたため、頼りない指先が疎ましい。この地から東へ落ちていった末裔の最後の馬の名は白雪[*33]だった。肚を摩りながら、消えてゆく少女の幻影をみる。

＊33 小さな祭りに駆り出された白雪の、紅と白の馬装束を、少女はひとつひとつ解いていく。それは縺れるだけの問いかけの解にも似て、戸惑うことが、見えない〈掟〉となってのしかかる。硬く絞った手拭いで胎を摩れば、尾で撫で返す嘶きも、風に詫びるみそかごと遥か、血のぬくみをそっと分け合う。

遠野を治めた南部家は「東国の馬どころ」である甲斐国南部郷の発祥である。(『遠野物語』第二四話より)また「駄賃付け」による沿岸部との交易などにより、当時、暮らしには馬が欠かせなかった。ある曲り家で飼われている白馬は「白雪」と呼ばれ、親しまれている。

八一

行方知れずの老人たちは、いずれも、背負った鞄の中に石に彫られた阿羅漢を十体、好きに名づけた老猫を抱き、愛宕神社の坂に座る。卯子酉様に、旧い手紙を手向けたならわしを、濁り酒に浮かべては、朝陽に賭けるようにして、息子たちが迎えにくるのを待ちわびている。

　もちろん、どう言葉を紡いでいったらいいか、わからなかったというのもありますが、それよりも、わたくしなどが話さずとも、夫は既にすべてを諒解している、そんな気がいたしたのでございます。それを証拠に、夫はみるみるうちに精気を取り戻していったのでございます。それは、まるで若返ったかと思えるほど、目を見張るほどの恢復力でございました。わたくしは、そんな夫の姿の奥に、深夜の海底の眩さを思い起こさずにはおられませんでした。

一一七　ゆびさす陽の先に

水車小屋

大鳥居

ダンノハナ

死者の声

八二

血と乳の海と父と大地と、東雲の陽に溶け出して、天霧の内側で畏れ慄く。山人の声に遠く、五十土にもまた、紅木の跡は揺れ、誘なうように季節を急かせる。風に舞う冬萌の香に浮き立つものを抑制し、消えかかる日々をひとり懐かしんだ。陽だまりに描かれる明日を幼女に還って掬う。

身がふたつになるまでは、臼を搗かないで欲しいと乞うた女主[*34]の姿を脳裡に描き、ため息も間もない午下りに、空腹を喜ぶ。ひっつみ、けいらん、山女魚の甘露煮を、醴で味わう半長靴の足先にはしもやけの気配もなつかしく、聞き馴れない訛り言葉を確かめた。見えない産室、臨月のこと。

幸福とは、そのようなものかもしれない、わたくしは思いました。夫を遠巻きに眺めながら、決して触れることのないもの同士を、そっと繋いでいく、それこそが幸福のてごたえかもしれない、そう思い至ったのでございます。

三日目の朝食が済んだあとで、荷をまとめ家路に就こうと運転手を待っている間に、女将から聞きましたお話がございます。それをこれからお話しいたします。

女将によりますと、その辺りは昔、大きな洪水があ

*34 「臼を搗かないで欲しいと乞うた女主」は『聴耳草紙』第五七番、「杭を引くと水を呼んだ夢ものがたり」も同じく『聴耳草紙』第二四番、「千成瓢箪」、『聴耳草紙』第一六番より。

八四

名もない男が妻子のために岩窟に迷い込み、果ての地で三日三晩、呑み食いしてから戻った古墓に、やがて妻子の影を見つけ、杭を引くと水を呼んだ夢ものがたりを、紅い書の文字列に思い出す。失くしたものは何だったか、その豊かさを計りようもなく、再び、書に戻る。喉が渇く。

八五

祭儀のさなか、傾いだ階段を上った
まま帰らなかった巫女の、幻の衣を
探しにここまでやってきた。どんな
糸も、どんな願いも届かずに、冬の
淡い光は歪みながら暖かく、冷えた
手足を拭う。見つけられないことに
快美が仄かくれする床板の軋みに、
息を潜めた。ゆるやかな時の間隙。

ったとのことでした。どんなに護岸工事を進めましても、しばらくするとまたすぐに水は溢れ、ひとや家畜をことごとく呑みこんでいったとのことでございます。

女将の傍から口を挟みましたのは、老いたおばあ様でした。

「そったなごどが、あんまり重なるもんだがら、ある年さ、おとの様が神さまのための旅してだ母娘《おやこ》さ、何人もつかまえで、酉の年、酉の月、酉の日、酉の刻に

八六

貧しさゆえ、死んだ子どもが与えてくれた千成瓢簞を胸に温め、白い道をひたすらに歩いた。中空には月蝕の紅い影、その先に、飢餓[*35]を鎮めた仏の丘を目指す、ついにたどりつけなかったあとさきにさえ、理趣を求めるさびしさがある。戻る足取りは重く、零れる涅槃雪さえ疎ましい。

*35 一七五五年の大飢饉による餓死者を供養するための、石に彫られた素朴な石仏群五百羅漢を目指したが、折悪しく、雪が深く、いくら歩いてもたどり着けなかった。蛇足だが、松崎観音堂の近くにも同飢饉を供養するための石碑がたてられている。

八七

文字を読み、まして、文など書くものは人さえ殺す、と嗤いながら、今夜もふたりして、ことの刃を砥ぐ。しょぼしょぼと夜が深く窪む、その果てで、くるみ糖の素朴を頬張りながら。罪過の表裏に尽きせぬ情愛は溢れ、世界を生け捕りにした、ここは三の女神の山と、川の地。湖の消えた地。

うまれだ娘っこさ、見つけで、ひとばしらどいって、川ん底へ埋めちまったずもな。

　なんぼたのんでもおとの様あ、娘っこさのいうごど、聞ぎ入れんかったずが、そこまでなら、どござでもあるごどで済んだずが、たまたま埋めちまった娘っこさ、おとの様のひとり娘とおんなじ年だったずす、さあ、はなしさ、大ぎくなっちまったずもな、埋めちまった娘っこの母《がが》も、だいじにしてた馬っこもいっしょに、おんなじ川に飛び込んじまったずども、水はいっ

八八

帰路には好きなだけ声を枯らし、互いたがいに物思いに沈む余白があった。思慕としてささやかすぎるものを択み、出来うる限りの時を乗せた、それは証し、小さな歴史の凹みにしがみつくしかなかった日々に、再び文字で出会うための、その空疎に耐えつくした証しだった。

八九

いつかの諍いに身の内で抗いながら、帰り路では広い背中を追った。恣意はなく、掟の記憶に従った無力をなつかしむ。朝陽に共鳴する白鷺を傷つけたのは誰だったか。立ち止まり、指先に滲んだ血痕を拭う。再び歩き出すためにお前を呼ぶ。名を忘れつつ、お前を呼ぶ。

こうにおさまらんずす、おとの様は困っちまったあげぐ、死んじまったずもな。

それがら、そのおとの様の家のもん、毎年、夏のおんなじ時期になるど、酉の年、酉の月、酉の日、酉の刻にうまれだ娘っこさ、どごがから探し出して、母と馬っこといっしょに水の神さまに捧げたったずが、水がおさまったんは、そっから五年、経ってからだったずす、水の神さまどいうもんは、怒らしてはいげねぁー。そんだげではなぐで、そのおとの様の家には、し

九〇

雑踏の片隅、背にかぶさる声だけを頼りに、歩を運んだ日々もあった。恐れは夢を縁どり、身体を縁どり、見分けられない標識にもなって、いまを苛む。それでもと、やわらかく満ちる言葉の方へ。深く息をするための新しい部屋を探して手に手を重ねた、凛々と雪の鳴る睦月のころ。

九一

青い書をいつでも小脇に携えていた。足蹠が石になる旅の果てに、真夜中、目覚めると男の裸体は白く浮かび、女の幼年を夢みている。肉の象徴が性をせがむ。下腹の膨らみを気に病みながら、否定の意識を鏡に映した。恋慕はいつか殺意にも似て、女はいつでも妊婦だった、着床の時さえ知らずに。

ばらぐは、男のお子が育たねぁーずす、らずもねぐおつかねえごどもあったずもな*36」

おばあ様のお話を聞いている間、例の屋根裏部屋の隙間から、こつん、こつんと、わたくしの横に落ちてきましたのは、糸の解れ始めた小さな繭でございました。わたくしはそれを誰に気づかれることなく手にとっては、窓から斜めに入り込んできておりました陽射しにしばらく翳し、鞄の底にそっとしまいこみ宿を後

*36 『聴耳草紙』第一二四番「厩尻の人柱」を題材にしている。

九二

身近に咲いた紅花を名づける瞬間を待ち侘び、男はペンを持つ、幾冊もの書を解きながら、緩やかな椅子に腰掛け時間を抱く。女はその傍らで幻子をあやし、鍋の火加減を気にかける。吟じた数行を反芻しながら、男の背中に呼びかける。そこかしこに咲く蒼花に歴史の片鱗が育っている。

九三

嫉妬もあるならば、また愛情もあるはずと、質素な夕餉に冬野菜の湯気が舞う。香りの温みに安堵しながら、小瓶の刃光を手渡したテーブルの周り、囁いたのは亡霊だったか、天使だったか、未だ決着を見せぬまま、夜は沈黙に沈んでいく。新しい雪が窓を叩く。風が眠りを運んでくる。

にしたのでした。

　帰りの車中、それまでなにを話し掛けてもどこか上の空で、物思いにふけっておりました夫が、ようやく口を開きました。

「不思議な話もあるものだね」

「なにがでございますか」

「あの、ひとばしらの話だよ、おまえは不思議に思わなかったかい」

　わたくしは言葉を濁しました。

九四

男がかき懐く女が女として容を見える。旧い部屋の壁際、あまやかに匂う営為のときの盈《み》ち虧《か》けと、瞬時に立ち現れる浄罪が、煙草の香を深くしている。滲む汗に呪を覚え、背に立てた爪に悦びを懼れた。歴史の空隙に陥る悖理も消え失せ、何処にもない部屋に、最後の鐘が鳴る。

九五

閉じてゆく円環に、決して綴じられない秘約を編み、超新星の煌きに似た、未だ生まれぬ子どもらの夢を描く。翻り、小さな灯りに両手を翳した。語りはじめる影は、揺れ惑う痛覚の遠さ。交差してゆく互いの通路に、句読点を打ち出しては弾け飛ぶ、病んださびしさよ。

「犠牲になった女にも、巡礼とはいえ、ひそかに好いた男もいただろうに。そうは思わなかったかい。無念のうちに死んでいったかと思うと、やりきれないね。その母親もというのだからなおさらだ。遺された夫も気の毒には違いないが、せめて、あっちの世界ではいっしょになっていられるように、僕らには祈ることしかできないのだけれど」

　夫の言葉はそこで終わってしまいました。その後はなにを話し掛けても、空疎な言葉しか返ってきません

九六

当て所ない熱気に苛立ち、夜の森へ。人影のない木立の奥、戒めを解いた牝鹿の瞳に、失くした言葉を見つける。いつかの蟠りも頼りなく、吐く息にさえ時を患い、慌てて帰途を探した。[*37] 黯い空を見上げ、深さに失意を補う。花を手折る心さえ儘ならず、その途上に耐えながら。


*37 鹿を観にいくと車で出ていった夜があった。

どこかで道を間違え、気づいたときには見知らぬ土地名に慌てながら、更新を拒絶し続けた古い地図を棄てる。それでも鹿の目は、その夜も、わたしのために青く光り、四肢のなだらかな曲線に安堵する。孕んでいたのかもしれないと、スマート・フォンのヴァイブレーションに驚きつつ。

そして咳の止まらない義母を連れた舗装路に記憶を裏返したのは、六か月後の夏だった。

九七

無数のことばを通り抜け、しばし未生怨の阿闍世[*38]のほうへ。岐路に惑いながら、折れた指と痛んだ膚の影を追う。その汚れのない罪をとろかしたのは、どんな灯りだったか、敢えて韋提希に問い掛けてみる。振り返れば、妹たちの背にも、従姉妹たちの肩にも、酥蜜と葡萄の香りして。

*38　古澤平作の阿闍世コンプレックスより。

でした。

わたくしが、当の宿で三日三晩、なにを目撃したのか、それがなにを意味していたのか。正確にはわたくしにもわかりません。

ただ、わたくしは、わたくし自身をも呑みこんだその清潔な海と、女たちの笑い声と、その夫たち、男たち、はしゃぐ子どもたちを、この目ではっきり見たことを生涯、忘れまいと思わずにはいられませんでした。

一一八　鹿踊のやわらかな舞にも　悪路王は兄　人首丸は甥と　名を交互に称える　しばし憩う

それから、じっと動かずに洗われるままになってい

九八

朝靄に迷い猫の行方を追った。北風を味方につけたのは流れる亡妹、お下げ髪と丸い頬が憎らしげに顕れる。佇む泥濘にさえ拒まれ、家路を急いだ。葛藤ならば誇らしいが、それ以前の衝迫に、添えられる手はない。名を呼ぼうとして、既に忘れていることに気づいた。

九九

緩慢な川の行方にも厭きては、月虹に欠伸をゆるしながら、狗の遠吠えを結ぶ。棄てられた道端を右折し、傾いだ間伐地へ。流星群を数えながらかつての喪失の相補を思った。颪のタブーを幻視し、影さえ見失った今を悔いたが、解かれた首輪にはいつかの少年の名が記されていた。

た白い鬣の馬と、鞄の底にある、今朝の光の卵のような繭とを、でございます。

　わたくしは、夫の手を取りました。そしてそれをわたくしの膝の上で両手で包みました。夫の手は力強さこそ戻ったものの、やはりまだ冷たかったのです。

　夫は驚いたようにわたくしの顔を見つめ、はにかみながら笑うと、それからすぐに前に向き直りました。その横顔が、どこか少年のようだったことを最後に申し上げまして、わたくしのお話を終わりにいたします。*39

*39 二〇一六年八月、ある村を訪ねた際、宿泊先の宿で経験した小さな出来事と、青年期に見た夢をもとに全篇を書いた。経験した出来事、夢ともに、この通りではないことを記しておく。

一〇〇

あの日、持ち帰ってきた場所の記憶に、いまを折りたたんで呼吸している。小さな祠の欠けた仏像の光、掌に乗せ、交差させる目線と発話の近似に揺れながら、傷を負った樵の名は何といったか、水に溶けた女の髪は長かったか、問い掛け合う今朝に、雪さえあたたかく。

一一九

窓枠のない午下り
画像の横顔に
なつかしさを指先で追う
眩暈のあたたかさで
北風を抱きながら

参考文献

柳田國男『遠野物語　山の人生』
佐々木喜善『聴耳草紙』『東奥異聞』
佐々木喜善『遠野奇談』石井正己編
石井正己『『遠野物語』へのご招待』
赤坂憲雄・三浦佑之『遠野物語へようこそ』『列島語り』
内藤正敏『遠野物語の原風景』
菊池照雄『山深き遠野の里の物語せよ』
鷲田清一・赤坂憲雄『東北の震災と想像力』
赤坂憲雄『東北学／忘れられた東北』『境界の発生』
吉本隆明『共同幻想論』
北山修『見るなの禁止』『悲劇の発生論』
松木邦裕『不在論』
松本卓也『社会享楽論』
マルセル・モース『供犠』
ジャック・ラカン『ディスクール』
ジークムント・フロイト『自我論集』竹田青嗣編

たましずめ／夕波《ゆうなみ》

著　者　伊《い》藤《とう》浩《ひろ》子《こ》
装　幀　中島　浩
発行者　小田久郎
発行所　株式会社思潮社
一六二－〇八四二東京都新宿区市谷砂土原町三－一五
電　話　〇三－三二六七－八一五三（営業）八一四一（編集）
ＦＡＸ　〇三－三二六七－八一四二
印　刷　創栄図書印刷株式会社
発行日　二〇一九年三月十一日